D1353357

Monsieur
MAL ÉLEVÉ

Collection MONSIEUR

Mr. Men   Little Miss

Monsieur
MAL ÉLEVÉ

Roger Hargreaves

Écrit et illustré par Adam Hargreaves

hachette
JEUNESSE

Monsieur Mal Élevé était mal élevé.
Il était très mal élevé.
Il était même très, très mal élevé.
Il était pire que très, très mal élevé.
Il était incroyablement mal élevé.

Lorsque tu rencontres quelqu'un et que ce quelqu'un a un gros nez, tu ne le lui dis pas, n'est-ce pas ?

Parce que ce serait mal élevé, n'est-ce pas ?

Monsieur Mal Élevé, lui, disait brutalement :
— Gros nez !

Mais il ne s'en tenait pas là.

Oh ! Non ! Pas monsieur Mal Élevé.

— Gros nez ! Avec un nez comme ça,
vous ressemblez à un aspirateur !

Tu imagines dire ça à quelqu'un ?

J'espère que non !

Et il était pareil avec tout le monde.

S'il rencontrait quelqu'un de gros, il hurlait :

— Gros bidon ! Vous mangez tout ce que vous trouvez, y compris le frigo !

En voiture, il injuriait les passants comme un mal élevé.

Monsieur Mal Élevé était un affreux monsieur
qui n'avait un mot gentil pour personne et, bien sûr,
il n'était aimé de personne.

Un jour, monsieur Mal Élevé rencontra madame Petite.
Enfin, il ne la rencontra pas vraiment puisqu'il faillit
lui marcher dessus.

— Bonjour, dit madame Petite.

— Regardez-vous ! s'exclama monsieur Mal Élevé.
Minuscule ! Vous êtes si petite que je pourrais vous
écraser avec mon pouce !

Pauvre madame Petite ! Elle fondit en larmes
et rentra vite chez elle.

De l'autre côté du chemin, monsieur Heureux n'avait vraiment pas l'air heureux.

Il avait tout entendu.

Le lendemain, monsieur Heureux se retrouva devant la maison de monsieur Mal Élevé, une valise à la main.

Monsieur Heureux frappa à la porte de monsieur Mal Élevé.

— Partez ! cria monsieur Mal Élevé.

Monsieur Heureux frappa une deuxième fois. Monsieur Mal Élevé ouvrit.

— Vous ne savez pas lire ? s'écria monsieur Mal Élevé en montrant le paillasson.
Monsieur Mal Élevé avait barré BIENVENUE et il avait écrit en grosses lettres : PARTEZ !

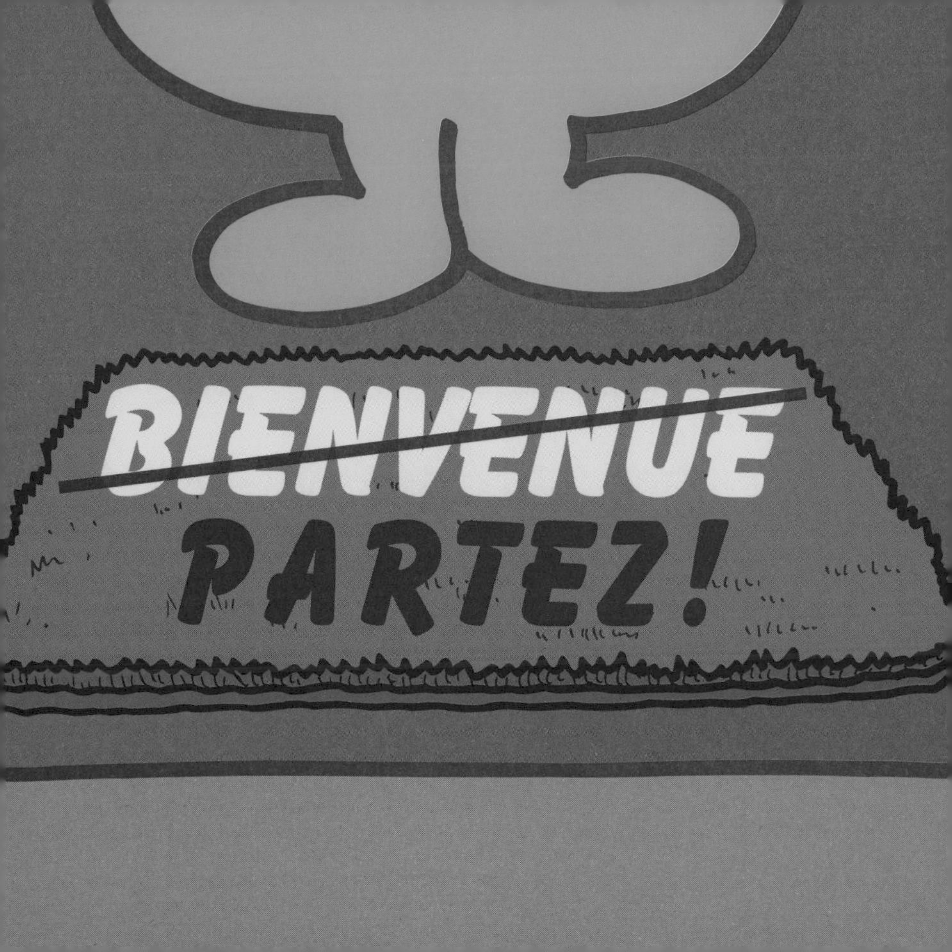
BIENVENUE
PARTEZ !

Monsieur Heureux sourit, passa devant monsieur Mal Élevé et entra dans le salon.

— SORTEZ D'ICI ! hurla monsieur Mal Élevé.

Monsieur Heureux sourit encore plus et s'assit dans un fauteuil.

Monsieur Mal Élevé explosa.

Il pesta et tempêta pendant une demi-heure,
et monsieur Heureux, avec son grand sourire,
le supporta, calmement…

Puis monsieur Mal Élevé passa dans la cuisine
et se fit à dîner sans rien proposer à monsieur Heureux.

Après son dîner, monsieur Mal Élevé grogna
et tempêta pendant une bonne heure,
mais monsieur Heureux ignora monsieur Mal Élevé.

Finalement, monsieur Mal Élevé éteignit les lumières
et monta se coucher sans proposer un lit
à monsieur Heureux.

Lorsqu'il descendit le lendemain matin,
monsieur Heureux était toujours là, tout sourire.

— OK, j'arrête ! cria monsieur Mal Élevé.
Qu'est-ce que vous voulez ?
— Un petit déjeuner serait le bienvenu, dit monsieur
Heureux. S'il vous plaît.

Monsieur Mal Élevé lui prépara un petit déjeuner.

C'était la première fois de sa vie que monsieur Mal Élevé faisait quelque chose pour quelqu'un. En fait, c'était la première fois qu'il proposait quelque chose à quelqu'un.

— Merci, dit monsieur Heureux, lorsqu'il eut fini.

— Bien ! Vous pouvez partir maintenant ! déclara monsieur Mal Élevé.

Mais monsieur Heureux ne bougea pas.

Monsieur Mal Élevé pesta et tempêta, mais il finit par préparer pour monsieur Heureux un déjeuner puis un dîner.

Il lui proposa même un lit pour la nuit.

Finalement, monsieur Heureux resta deux semaines
chez monsieur Mal Élevé.

Petit à petit, il y eut de moins en moins
de grognements et de tempêtes.

Monsieur Mal Élevé découvrit qu'il avait enfin…

… de bonnes manières !

Lorsque monsieur Heureux estima qu'il était temps, pour lui, de partir, il serra la main de monsieur Mal Élevé et dit :

— Merci beaucoup, monsieur Mal Élevé. J'ai beaucoup apprécié mon séjour.

Monsieur Mal Élevé, avec un sourire aussi grand que celui de monsieur Heureux, répondit :

— Moi de même !

Monsieur Mal Élevé avait vraiment changé.

— Beulck, fit monsieur Mal Élevé en laissant échapper un énorme rot.

Enfin, il avait presque changé !

1 MME AUTORITAIRE
2 MME TÊTE-EN-L'AIR
3 MME RANGE-TOUT
4 MME CATASTROPHE
5 MME ACROBATE
6 MME MAGIE
7 MME PROPRETTE
8 MME INDÉCISE
9 MME PETITE
10 MME TOUT-VA-BIEN
11 MME TINTAMARRE
12 MME TIMIDE
13 MME BOUTE-EN-TRAIN
14 MME CANAILLE
15 MME BEAUTÉ
16 MME SAGE
17 MME DOUBLE

LA COLLECTION MADAME
c'est aussi
40 personnages

18 MME JE-SAIS-TOUT
19 MME CHANCE
20 MME PRUDENTE
21 MME BOULOT
22 MME GÉNIALE
23 MME OUI
24 MME POURQUOI
25 MME COQUETTE
26 MME CONTRAIRE
27 MME TÊTUE
28 MME EN RETARD
29 MME BAVARDE
30 MME FOLLETTE
31 MME BONHEUR
32 MME VEDETTE
33 MME VITE-FAIT
34 MME CASSE-PIEDS
35 MME DODUE
36 MME RISETTE
37 MME CHIPIE
38 MME FARCEUSE
39 MME MALCHANCE
40 MME TERREUR

ISBN : 978-2-01-224858-8
Loi n° 49-956 du 16 juillet 1949 sur les publications destinées à la jeunesse.
Imprimé et relié en France par I.M.E.